BERLIN–GEDICHTE

ベルリン詩篇

冨岡悦子

思潮社

ベルリン詩篇　目次

ベルリン詩篇

ベルリン　十二月

敗滅の町を　地図をもたずに
あなたと　歩き続けた
ベルリンの冷たい壁にもたれて
私たちは　ようやく肩の力を抜いた
ルー、リード、ミー

壊れたままのベルリンに導かれて
私たちは　安堵していた
銃痕をさらしたコンクリートの壁面

廃墟のままのポツダム広場
ゆっくり動く少年は
薄いコーヒーを手渡した

私たちは　自分の安息だけをもとめて
不安のかたちを　町に探した
ベルリンは　無造作に
裸形をさらけ出していた
私は　深く息を吐いて
コーヒーをゆっくり飲んだ

ルー、リード、ミー
新聞紙の活字に
闘病の末とあった
窓辺の木を眺めながら
太極拳のエスのポーズをして

息を遮断した

ルー、リード
不安の師よ
エスのポーズを
私は知らない

ベルリン　一月

アシンメトリーのコートを買った
朝の市場の　皿の横に
投げ出されていた
野鴨の死骸のようだった

底冷えの町を
足早に歩いた
野鴨のコートが
私の鎧だった

王の狩場で
ポケットのなかの鉛筆を握りしめる
追われるのは誰か
狩るのは誰か

壁の前の兵士は
青ざめたまま直立していた
消えた境界のうえで
律儀に銃弾を込めている

体を入れる

スチール・グレイの空を
一羽の鳥がよこぎる
肩甲骨をこわばらせて
コンクリート製立方体の
群れのなかへ
体を入れる
ヨーロッパの
抹殺された
ユダヤ人のための

記念碑を
わたる冷気が
コートの袖から
入り込んで
私は身震いした
想起せよ
そして　記憶せよ
こころに刻みこめ
そびえたつ立方体に
刻まれた空に
鳥はいない
記憶を刻むことは
そこない続けることではないのか
そこなわれて
こころよ
暗い水に潜みたいのか

やわらかい闇のなかで
おまえは　どこまでも沈んでいくだろうか
それとも
いつか虚空を泳ぎ出したら
だれもいない星にも
立方体の石が見えるだろうか
ずいぶん前に
画面に映る立方体の黒い石を凝視して
よだれのような涙が流れた
二足歩行の獣に
斧をあたえ
コンピュータの頭脳に
損傷をあたえる
黒い石が　おぞましいのか
神聖なのか
ずっと　私には

わからない

敷石の声

敷石がいびつだ
この町は市街戦を封印している

内戦の兆候は
敷石が計算している

皇帝の名を冠した教会は
罪の時刻を進ませない

（失われた恋人たちが
　私を指弾する
　　おまえは　なぜ　生き延びるのか）

黒炭のような熊の模型が
横向きに口を開けて立っている

獣の爪を抜くのは
賢い消費者の日々の習慣だ

テディベアを私は抱かない
敷石の声をさえぎったりしない

手ばかりが不器用に
かじかんでいても

ヴァンゼー会議　一月二十日

レンギョウの黄を
夢みるように
光が根こそぎ抜き取られた
今夜の眠りのために
私は曖昧にうべなう
平たい顔の水鼠が
肩甲骨の片側で
小さな笑い声を立てる

明け方から降り続ける雪が
私たちの屋根に積ってゆく
やわらかく歌っても
あなたは眠ろうとしない
私の声の水分が
気に入らないのだ

降りつのる雪が
この町の屋根を　川を　湖を覆ってゆく
絶滅計画は　着実に
湖上の島で練られていた
母を案じる制服の男は
会議が早く終わることを願っていた

レンギョウの黄を
夢見るように

光が根こそぎ抜き取られた
明日の朝食のために
もういちど　私は狡猾にうべなう
水鼠が
隙なく左右を見て
仕上げにかかっている

月のアウラ

月のアウラを剥ぎとれ

そのように
エレベータの箱は私たちを上昇させる
咳をしないように
思い出し笑いをしないように
足の下の空虚を考えないように
考えないように
そのように

月のアウラを剥ぎとれ

そのように
少女は整列している
ナイロン製ピーチ・ピンクのスカートは
膝上二十センチ
口角をつねに上げて笑うように
笑うように

そのように

窓のない列車が国境を越える
真夜中を南下する列車に
立錐の余地はない
足を休ませる椅子がほしい

胃をあたためるスープがほしい
深呼吸がしたい
そのように

廃駅アンハルターから

廃駅は空爆の角度のまま
ファサードだけを残している
灰色のセーターを着た男たちが
駅の廃墟に彫刻を搬入していた
黒板には
五色のチョークで
作品展示図が描かれていた

モミの木の模型には

ベルトルト・ブレヒトの言葉がぶら下がっている
なんという時代だろう
木々についての対話が犯罪に近いとは
風にそよぐ木を讃える隙に
武器搬送の線路は先へ延びている

廃駅アンハルターに
春の霙が降る
土に触れて溶ける
頬に触れて水滴になる
男たちは無言で
鉄の塊を組み立てていた

赤さびた線路際に生えた
丈高い榛の木が
尾状花序の花を揺らしている

金属のこすれる音がする
男たちの仕事は
まだ完成していない

空の気配

戦勝記念塔《ジーゲスゾイレ》を飛行機の影が横切る
金色の女神は
翼をあざやかに広げている

機影が私の影を横切ってゆく
壁の見えなくなった道に
四月の風が吹いている

この町の天使は

もう翼を開かない
伝言役は降りたのだ
黒いブーツを履いて
地下鉄の階段を降りてゆく

動物園駅にうずくまる
薬物中毒の少年を見過ごして
天使は私の隣に立つ
煙のにおいがする
空の気配が残っている

ノイケルン　ノイズ　ノイズ

傷跡に沿って疾走する
浸食してくる　ノイズ　ノイズ
ぎりぎりまでブレーキはいらない
低周波で揺さぶる　ノイズ　ノイズ

うっとりと体をゆだねて
水流が這い上がります

蛇は眠りから覚めましたか
まだ股関節が固いでしょう

腰骨に沿って這い上がります
作法があります

全身もっと脱力して
甘えていいです

脱皮をしくじっても
ちょっと傷が残るぐらい

ギターの弦の擦れる音を
もっと感じて　ノイズ　ノイズ
骨をほぐしていると

喉の奥が震えます　ノイズ　ノイズ
解体メソッドは
周到ですか　ノイズ　ノイズ

羊のスープ

トルコ人街の店で
羊のスープをすすっています

お父さん
濃いスープを飲んで
今日も私は元気です

黒い眉の料理人は言いました
このスープはね

羊の頭を眉間に沿って
縦割りにして
脳の滋養を摂ります
アクはていねいに掬います

羊の思考が入った
スープを飲みこんでいます
草原の地平線の揺らぎを
雲の浮かぶ空を
クローバーの湿り気を
低地の水場の濁りを
咀嚼しています

ベルリン・オペラ座前　五月十日

五月になると暗唱した
ハインリヒ・ハイネの詩も
燃えている
男たちは腕を組んで
火を凝視している

いとうるわしき　五月の日
草木の芽みな　萌え出でて
わが心にも

愛きざす

菩提樹の花の咲くころ
ウンター・デン・リンデン大通りは
切ないような
甘い香りだ

いとうるわしき　五月の日
鳥たちはみな　さえずりて
わがあこがれを
打ち明けた

火が文字を舐めとると
サラマンダーがあらわれて
文字が溶けるたびに
トカゲは大きくなってゆく

本の灰を乱舞させて
焚書男は火の管理に余念がない

開封

眠るテクストよ
眠る書物よ
閉じられ封印され
香りを放てないまま
ほどかれる刻を待つ
白薔薇の青ざめた蕾のように
あこがれとため息が
もつれあって
もどかしく
言葉を探す少女の唇のように

だれにも気づかれることなく
いつの日か
泉の滴になることを夢見て
暗室に閉じこもる
影を失った少女
獣じみた自分の掌を
動物が行きかう扉の外を
怖れる少女
苛むものは
苛まれている
その渦のなかへ
薔薇が
夏の空へ
花びらを開くように
目を覚ませ
眠る詩よ

六月十七日通り

六月十七日通りは
今日も凱旋を待っている
秋の日に輝く鋼鉄の女神に見守られ
マラソン・ランナーは
精密に鍛え上げた筋肉で
一秒を競う
デッドヒートに
通りの人々は歓声を上げた
競われた速度は

さらなる速度を求めるだろう
精密に鍛えられた
ヒトラー・ユーゲントは
赤と黒の鉤十字の旗を掲げ
一糸乱れず行進した
制服にうっとりして
女たちは目を細めた
四頭立て馬車に乗る鋼鉄の女神は
再生産を促した
権力に酔う女たちは
制服の行進を再生産するだろう
凱旋のためには
敗者が必要だ
その必定を美酒にして
もっと華やかに
もっと豪奢に

旗の赤は血の匂い
旗の黒は土の香り
血と土の国のため
レーニ・リーフェンシュタールは
映像を整える
敗者は消される
その必定の鱗を逆立てて
声を上げた労働者のために
日付を命名された道
六月十七日通り
東のブランデンブルク門から
西のジーゲスゾイレまで
一九五三年六月十七日に
ソビエト連邦の戦車に
対峙した男たち
競うためではなく

今日を担うために
石を投げた男の右腕のために
日付を命名された道
六月十七日通り
凱旋のためのこの道を
ラブ・パレードは
レコード盤を傷つけながら
匿名性の音を
もっと大音量にして
練り歩いた
電子音に揺れる二の腕は
魚のひれほど敏捷ではない
レーニ・リーフェンシュタールは
筋肉の薄い二の腕を見限って
海の底へ潜って行った

孔雀島

舟は凪いだ水面をすすんでゆく
鏡のように目くばせをして
私たちはかすかに微笑む

島は暗緑色に私たちを迎えた
舟はぎこちなく傾いで
葦の岸辺に私たちを渡した

水と岸のあわいから

浄められたものの声が
かすかに立ちのぼった

私たちの前に
どんぐりを散らして
太い幹の樫が
枝を広げていた
梢の先に鉛の空が続いていた

あなたから手渡された
どんぐりの実に
薄い体温が残っている
孔雀は尾羽をひきずって
囚われ人のように去っていった

ゴーレムの夜

たどりついたベッドは
湿った獣のにおいがした
スプリングがいかれて
大男の形にへこんでいる
ヒトガタの空洞に潜り込み
この夜私は炙られて泥にもどる
星の光の届かない鉄の寝台で
捏ね上げられて人造人間になったら
もう自分を恥じなくなるだろうか

男の太い腕は
何を持ち上げたのだろう
指の太い関節は
何度ひきがねを引いただろう
頑丈な太腿は
コンクリートの壁まで
獲物を追い詰めただろうか
鉄の寝台で
大男の鋳型に練られている
この体で大通りを闊歩したら
町はどんなふうに見えるだろうか
思いきり手足を振り回したら
警官が来るかもしれない
呪文の言葉を剥がさないと
壊れてあげない
もしも警官が礼儀正しかったら

私をもてあまして
瓦礫の山に連れて行くだろうか
野戦病院の壊れた石壁や
汚れた包帯や注射器が
積み上げられた悪魔の山《トイフェルスベルク》に
私を連れて行って番人にするかもしれない
どんなに暴れても構いませんよ
どんなふうに壊してもかまいませんよ
ここでならご自由にって言ってくれたら
廃墟になった
白いドームに登って
アメリカ軍の残した
レーダー・ステーションを基地にして
毎夜星座を数えよう
西の牛飼い座から
白鳥座を越えて

東の牡羊座まで
星の歌を口ずさんでいよう
骨と石の破片でできた人工の山で
砕かれたものの記憶に耳を澄まして
夜ごと星の動きに身をあずけよう
町の東の空が
洗われたように
明るむときまで

フランツ・カフカの朝のために

ウサギの毛の手触りで
朝がやって来る
新しい光は　瞼に
ようこそ　とささやく

私たちの窓は
微笑みながら
鳥の囀りに
耳を澄ましている

明け方の光に
両手をゆだねて
夢のこわばりをほどこう

掌はこんなにも
朝に餓えている
あらたな一行を　始めるために

＊

食卓の上の
翡翠ブドウに
蠅が　羽を休めている
身じろぐ気配がない

蠅を追い払うこと
ただ眺めていること
二つにひとつを選ぶために
手は　思考を始める

朝を整える
アブラハムのように
蠅を払うのか

二日酔いの
オデュッセウスのように
我を忘れていようか

*

みずから望んで

さまよい続けたわけではない
もとより恋しいのは巣穴であり
ぐっすり眠る夜だった
模範となるのは花だったが
言葉の人は　急かされている
花はつねに身動きならず
生殖をあらわに外界に開いている
父母は　花のように店を開き
言葉の人は　花であることを拒み続けた
プラハには百の塔が花開く
父はそこで根を張り花となった
父は　正しく生殖の掟を守り
言葉の人は　掟に逆らった
だが　書くために巣穴が必要だ
父の根の届かないところに
撒種のための巣穴がほしい

父の根の届かないベルリンに
言葉の人は　巣穴を掘る
すでに花という花が内側に潜んだ晩秋に
穴の発端を探りあてた
ここで思うさま働くのだ
まずは巣穴の内側を堅固に固める
額をハンマーにして壁を叩く
食糧を貯蔵し
やすらかなベッドを置こう
築き上げた棲家を奪われないために
巣穴に籠ってばかりもいられない
たいらなベッドに焦がれながら
巣穴をねらう敵を見張るのだ
もうひとりの自分が是非とも欲しいところだが
またぞろ父の根が絡みついてくるやもしれない
だが　この巣穴には

父の根を料理する女がいて
聖句を諳んじながら
キャベツのスープを煮ている
塔が傾ぐように
彼女は振りむいて
白い布の食卓に誘う

カフカを着る人

SHに捧ぐ

ちいさな教室で
カフカを着る人に出会った
私を一瞥して
おおきな耳をこちらに向けた
私もまた　カフカの手袋をはめていたが
いつでも脱げると思っていた
おおきな耳の人は
私の手袋に気づくと
黒飴の瞳を向けた

ちいさな教室は
戦場だったのだろうか
カフカを着る人は
奇怪なものと闘っていた
言葉の奔流に窒息していくのが
苦しくもあり
うれしくもあり
致死量のアフォリズムを
競って飲み干していた
そのたびに私は吐瀉をくりかえし
内臓の軟弱を呪った
おまえと世界の闘いにおいて
世界を支持せよ
ちいさな教室で
私は　だれと闘っていたのだろう
人間のかたちに束縛されて

もがきながら
いまを解き放つ言葉が
岸辺に見えたのだろうか
対岸がぼんやり見えた気がして
濡れた体が嫌な私は
言葉を飲み込もうと
教室で大声で笑ったが
カフカを着た人は決して笑わなかった
あなたの笑い方は
『審判』のレーニみたいに異様ですよ
指の関節に水かきがついているんじゃないですか
黒飴の瞳はただ辞書を凝視していた
あるのは「所有《ハーベン》」ではなく、「存在《ザイン》」だけだ
最後の一息を、息絶えることを、切望する「存在」だけだ
ちいさな教室の
空席になった椅子に

語りかけたいが
声が出るだろうか
椅子のうえの空洞は
ときおり揺らいで
かたちを結んでは
またほどける
椅子の上の空洞を
私は理解できない
カフカを着る人が
曲芸のように
テクストを読みほどくのに
みとれながら
私には一行も理解できなかった
空席になった椅子には
だれも座ることができない
辞書を読み込み

言葉に敬意をささげた人は
闘いの方法を
全身で示していた
言葉は所有できません
言葉が在ることに敬意をはらうだけです
空席になった椅子に
私は近づくことができない

バベル　ベルリン

バベル　ベルリン
言葉で埋め尽くされた町を
運針のように　川は縫ってゆく
バベル　ベルリン
フランス語に
ロシア語に
英語に
組み伏せられた町を
黒く　シュプレー川は縫ってゆく

バベル　ベルリン
はじめに　命令形が立った
命ずる者には　従う者がいて
叛く者があった
高みにさらされているのは
命ずる者だ
いつでも　川の向こうから
撃ってもいいのだよ
聳え立つものを
いつでも　叩きこわしていいのだよ
バベル　ベルリン
そうやって　ずっと
きらびやかな命令形を
ルビーのように　飛散させた
バベル　ベルリン
失われた　私たちが

酔いつぶれて
暗がりにうずくまっている
黴臭い路地には
壊れたガラス瓶が散乱していた
恋の梯子を
のぼりつめた
私たちが　路上に投げ出されて
放心している
バベル　ベルリン
ルビーの命令形が
立て　と促す
あなたは　深い酔いの淵から
立ち上がれるの
バベル　ベルリン
みじめな酔っぱらいを
そそのかす町

バベル　ベルリン
いちどでも踊った者は
赤い靴を履かされる町
あなたは　ルビーの破片を貪ったでしょう
私はその声に窒息したかったの
バベル　ベルリン
シュプレー川が　黒く流れている
私たちは　どこにも辿り着かなかった
水辺の石から
カワセミが　ふいに飛び立ち
魚をさらって
青く消えた

名を蹴ってください

風が疼いている
アレクサンダー広場から
カール・マルクス大通りを
地下鉄四駅分の道を
鞄を斜にかけて
歩いている
行進のための
戦車のための
大いなる秩序のための

我を忘れるための道を
風が疼いている
かつての名をスターリン通り
連帯のため
繁栄発展のため
未来世代のために
人間を通路にする名
我を忘れさせる名
名を蹴ってください
名を蹴って
擂鉢の斜面の底に
落としてください
名を食べてください
アリジゴクの硬い顎よ
砕いてください
粘液で溶かしてください

時のウスバカゲロウの
透明な翅にしてください
私の名を翅の糸にしてください
翅の向こうに
廃墟が透けて見えます
歩道の綻びを破って
トネリコの木が伸び盛ります
最上階の窓より
もっと高く
生い茂る枝が
槍のように尖っています
トネリコの裸木は
疼く風に
さらされて
冬芽を黒く
凝固させています

躓きの石

躓きの石があった
十センチ四方の鈍い光の金属板に
かつてここに住んでいて
連れ去られ戻らなかった人の名と
死亡年月日と場所が記されている

かつてユートピアという言葉を知って　たじろいだ
知ってからは　自分の場所を測るようになった
それから少しの時を経て

ユートピアの原義がギリシア語で
どこにもない場所と知った
それから少し考えてみると
ない場所を探しに行く人がいることに気づいた
ない場所を探しに行こうね
と誘ったら
肩を並べて歩いていた

私たちの前に
躓きの石があった
十センチ四方のプレートの奥に　ない場所がある
そこには　擦り減った靴を気遣うまなざしがあり
一日を支える鞄があった
奪われた人が切望した部屋の扉を
私たちは無断で開き続けている

ローザ・ルクセンブルク広場から西へ

映画館バビロンを出ると
三角形の広場に
長い裾の人影があった
ローザ・ルクセンブルクは
差し入れの詩集に目を落としていた
牢獄のローザはゲオルゲの詩を口ずさむ
そして　赤みを帯びた穀物がざわめくなかを
私の小道は　いつもおまえの家へと曲がりくねっていった
かつて　女ともだちが暗唱したように

穀物畑の小道を
目指す家があるかのように
牢獄のローザをまねて　私も口ずさんでみる
すべての人に帰る家がある
すべての人に欲しいだけの穀物がある
それでも　それだけのことが
すでに排除を含んでいる
ローザよ　あなたが手放さずにいたのは何か
三角形の広場から西へ
ブドウ山の小道を上る
かつて　ブドウがたわわに実った丘の上に
シオン教会の尖塔が立っている
ローザよ　あなたが穴だらけにされたベルリンに
シオンの名の土地があり
祈る場所がある
その地下に

かつて　理念の国家を問う人が集まった
彼らが息をひそめて
くりかえし求めたものと
ローザよ　あなたが底冷えする牢獄で
くりかえし思い描いたものは
重なり合うのだろうか
捕囚の中庭で
荷車を引くルーマニアの野牛の
血だらけの皮膚に
あなたは　胸を打たれて泣いた
同じ戦利品の運命を
野牛に見て　手紙に綴ったあなたの
住むべき人間の場所とはどこだったのか
すべての獣は枷からはずされなければならない
すべての生き物にデッド・エンドがあってはならない
ローザよ　あなたの息の七十年後に

ベルリンのシオンは
壁に風穴を開けた
風穴の向こうに今
さまよう者は歓待されているか
さまよう者が住める家はどこにあるのか

不在のスカート

手動のシンガーミシンの
抽斗を引く
端切れがぎっしりつまって
糸を引いている
台形のヒマワリ柄の
細長い市松模様の
鮮明なサファイア・ブルーの
色の褪せていない布きれ
母のちいさなため息を吹きこまれ
ミシンの足踏みの

お尻のリズムに揺られて
できあがったスカート
両脚にからまって
風にたなびいていた
水に通され
陽にさらされて
傷んで捨てられたスカート
サファイア・ブルーの端切れは
眠っていた傷のように
みずみずしい
ミシンに金色の油をさして
母に背いた娘が
ぎこちなく
お尻のリズムをまねてみる
くねくねする縫い目に
ちいさなため息をついて

不遜な靴音

のしかかってくる
厚ぼったい夜だ
見えないボタンをひとつずつ
はずして　眠りたい
部屋にもどって
三時間たつのに
まだ深く息が吐けない
金属はすべて預かります
部屋の鍵も　お預かりします

シナゴーグの入口で
三人の男に低い声で告げられた
なんだか退路を断たれる言われ方だ
テロリストを疑われている
三人の男はユダヤ人で
おそらくテルアビブの岡本公三を覚えていて
私は同じ国籍の不機嫌な顔をした黄色人種だ
従順に　部屋の鍵を渡して足が震えた
それなのに　ヒールの靴音が高く響きわたる
ひどく不遜な音だ
かつて　制服を着たテロリストたちが
ユダヤ人街のガラスを砕き　放火した
散乱したガラスは
水晶を撒き散らしたようだった
クリスタルの夜
うつくしい命名は

破壊の快感にまみれて　かがやきわたる
不遜な靴音の私は
立ちどまって
ずっと鍵を気にしながら
祈りの重力の底から
洩れてくる声に　耳を傾けていた
ハレルヤ
何に守られ
ハレルヤ
何に加担したか
わからないとは言わせない

壁が立ちはだかっている

もう一飛びを
さまたげる壁が
立ちはだかっている
壁があれば
立ち止まらざるをえないが
獲物の身であれば
立ち止まるわけにはいかない
立ち止まれば　一撃だ
うまくいっても

四方の壁のなかに押し込められる
立ち止まれば　空にしか居場所はない
いや　はたして
空にも居場所はないかもしれない
壁にさまたげられて
空は目白押しのにぎわいだ
追いつめられれば
柔らかい粘膜で
私は灰色の壁を　赤く濡らすのかな
もう一飛びを
さまたげる壁が
立っていて
でもそれは　柔らかい粘膜をもつ人が
だれかに命じて作らせていて
命じられた人は
狩り立てられて強いられたのかもしれず

その人にも　柔らかい粘膜があって
それを養わなければならず
壁に追いつめられて
息を切らす人間がいることなど
考える余地はなく
考える余地がたっぷりある人は
自分の柔らかい粘膜を甘やかして
四方の壁に安堵している
もう一歩を
さまたげる壁が
立っているけれど
壁の隙間が　どこかに見つかるなら
無傷の皮膚のまま
住める土地に行き
空を見上げて
風に吹かれていよう

風の音に耳を澄ましていよう

ふざけるな　チャーリー

壁博物館の汚れた窓に
急ブレーキが響く
階段の踊り場で
二人は抱き合っていた
女はハイヒールで体をささえ
渦巻き模様の刺繍が
スカートを這い上っている
まるでブロンズの彫像のように
底冷えする踊り場で

二人は抱きしめ合っていた
窓の外は雨が降っている
朝からずっと降りつづけている
女の髪が揺れて
薔薇色の耳たぶがのぞく
真珠のピアスがものすごくエロティックだ
ふざけるな　チャーリー
チェックポイント　チャーリー
おまえの監視をすり抜けて
ここに　錐のようなかなしみがあるだろう
おまえの監視を潜り抜けて
ここに　虹のようなよろこびがあるだろう
肋骨のきしむ音が聞こえるほど
二人は抱きしめ合っていた
女の頭が揺れて
うなじがのぞく

ふざけるな　チャーリー
おまえの監視を挑発して
ここに　悲鳴を飲み込んだ喉がある
おまえの銃をあざけって
ここに　なめらかに誘う腰がある
車のトランクに体を詰め込んで
息を殺して　西へ逃れた人がいた
有刺鉄線にからまれて
撃ち抜かれた人がいた
よじのぼった壁から飛び降りて
歩けなくなった人がいた
うす暗い踊り場で
二人は足首を垂直に立てて
絡み合ったまま　離れない
窓を横殴りの雨が叩いている
恋人たちは

からだとからだの境界に
苛立って　見つめ合い
顔を肩に埋める
あらがいながら
抱きしめ合っている

ルー・リードの声が聞こえる

死後の空から
見下ろしているの
かつて暮らした部屋は
がらんどうのまま
音を充満させている
ベルリンの壁のそば
私たちは　硬い椅子に座って
ギターの音を聞いていた
ああ　無残なのに

こんなに素敵だ
ここはパラダイス
ルー・リードの声は　滞らない
深い声は　部屋の面積を
少しずつ膨張させてゆく
キャロラインをまねて
私は言った
甘えてくる男なんて　いらない
ちゃんとした男が欲しい
私の殻をみじんに砕く
ちゃんとした男が欲しい
ルー・リードの声は　滞らない
窓の外に工事中のビルが見える
広告塔の女はずっと笑ったままだ
死後の空から
見下ろしているの

私は　ひとを殴ったことがない
ひとを殴れと　命じられたこともない
でも　たっぷり傷つけたことはある
もう二度と立ち上がれないほど
打ちのめしたことがある
一度ならず
一度で懲りず
そして　うそぶいている
なんて気分なんだろう
なんて　せつない気分なんだろう
私たちはこの部屋に暮らして
虚無の林檎を食べ尽くし
甘く香り立った
ルー・リードの声が　体を通りぬける
甘く香る部屋の
棚の上に

走り書きの詰まった箱があった
レシートや
ちぎったノートの切れはしや
ワインのシミのついた紙片が
詰まっていた
たぶん　それだけが余計だった
それだけが異臭を放っていた
それだけを抱えて
私は部屋を捨てた

トネリコよ

トネリコの黒い芽を
汚れた水ときよらかな水が
内側から破る
円錐花序の花は
骨の枝から噴き出して
わずかに血の色をにじませる
まるくうずくまる幼い葉を
脈打たせて
トネリコよ
私は　発熱を予感しながら

よみがえるラザロを思っている
トネリコよ
黒い芽を枝いっぱいに尖らせる
あなたの樹下で
私は　不安にかられて前を見つめる
トネリコよ
強靭なあなたが
宇宙樹と呼ばれたことも
悪寒に震える私には　遠いことだ
恐怖を分解せよ
テロルは不安の集合体だ
熱の波動に身をゆだねてなるものか
トネリコよ
寒気に黒い芽を直立させる木よ
結び目をほどく指を
私の使命とせよ

ベルリン詩篇　補註

ベルリン　十二月

一九六一年八月十二日から十三日の深夜東西ベルリンの境界に突如鉄条網が引かれ、引き続きコンクリート製の壁が建造された。境界線上にある建物は爆破された。東側から西側への自由な移動をさまたげる目的で造られた壁は、一九八九年十一月九日の検問所開放にいたるまで二十八年間ベルリンの中心部にあって冷戦の象徴とみなされた。ルー・リード（一九四二年三月二日ニューヨーク生まれ。二〇一三年十月二十七日死去）は一九七三年に、壁に分断されたベルリンを舞台にしたアルバム『ベルリン』を発表した。

ベルリン　一月

ベルリン中央部に広がるティーアガルテン（獣の庭の意）は、もともとはブランデンブルク選帝侯の狩猟場であった。一八世紀はじめに市民のための公園となったティーアガルテンの中央を、ブランデンブルク門と戦勝記念塔《ジーゲスゾイレ》を結ぶ六月十七日通りが貫通している。ベルリン分断の時期には常に武器を持った兵士に監視されていたブランデンブルク門は、一九八九年十一月以降ドイツ再統一の象徴とみなされるようになった。一七九一年フリードリヒ・ヴィルヘルム二世の時代に建立されたブランデンブルク門は、一八七一年のドイツ帝国の成立、第一次世界大戦、黄金の二〇年代、ナチ政権の成立、第二次世界大戦、東西分断と再統一というドイツの歴史の変遷に立ち会ったことになる。

体を入れる

ブランデンブルク門から百メートルほどのベルリンの中心地に、虐殺されたヨーロッパのユダヤ人のための記念碑、通称ホロコースト記念碑がある。約二万平方メートルの敷地に二七一一基のコンクリート製石碑が並べられた。地下の情報センターにはホロコーストの犠牲者の氏名や資料が展示されている。二〇〇五年に開設されたこの記念碑は、ニューヨーク在住のピーター・アイゼンマン（一九三二年生まれ）

の設計による。この場所はプロイセンの時代から官庁、官邸が並んでいたが、第二次世界大戦のベルリン市街戦で廃墟となった。アドルフ・ヒトラーが身を潜めた地下壕跡は、この記念碑を南へ百メートル歩いた場所にある。一九六一年のベルリンの壁建設に伴い、長く無人地帯であった。

敷石の声

ベルリン市の紋章は、横を向いて赤い舌を出している黒熊が描かれている。この都市の名を、熊を意味するベアと縮小辞リンの組み合わせと見た紋章であるが、ベルリンの名の語源をスラブ語の湿地とする説もある。ベルリンはドイツ連邦共和国の首都の位置としては中央部から大きくそれて、北東にある。ブランデンブルク辺境伯領からプロイセン王国へ、やがてドイツ帝国の首都として発展した近代都市ベルリンは、二〇世紀の二つの世界大戦で重ねて敗北するまで、地勢の上でも帝国の中心部にあった。

ヴァンゼー会議　一月二十日

一九四二年一月二十日ベルリン郊外のヴァンゼー湖畔の親衛隊所有の邸宅で、ナチ党幹部によってユダヤ人を絶滅する政策の実行方法が話し合われた。ユダヤ人の強制収容と移送、絶滅収容所での強制労働と殺害を徹底するために、十五人のナチ政権の高官がこの会議に参加した。この会議のプロトコル（議事録）を作成したのが、当時親衛隊中佐であったアドルフ・アイヒマンである。二〇〇六年一月ヴァンゼー会議記念館では、ナチ政権下のヴァンゼー会議関連の資料の常設展示を開始した。

廃駅アンハルターから

ベルトルト・ブレヒト（一八九八年～一九五六年）の長編詩「後から生まれてきたものたちへ」の一節「なんという時代だろう／木々についての対話が犯罪に近いとは／それがこんなに多くの不正への沈黙を含

むからといって」からの引用。ブレヒトは一九二四年から演出家マックス・ラインハルトに呼ばれ、彼の劇団の文芸部員としてベルリンを活動の場所とし、一九二八年には『三文オペラ』を上演して好評を博した。一九三三年ナチ政権成立直後ブレヒトはドイツからの亡命を決断し、ヨーロッパ各地に居場所を求めて転々とした。この長編詩は一九三九年に亡命地で書かれた。ベルリンのアンハルター駅は第二次世界大戦で空爆されるまで、この都市の中央駅の役割を果たしていた。パウル・ツェラン（一九二〇年〜一九七〇年）は、一九六二年九月に書いた長編詩「コントルスカルプ広場」で「アンハルター」の名を挙げている。

クラクフを越えて
おまえはやって来た　アンハルター駅で
おまえのまなざしに　一筋の煙が流れ込んだ。

ここで名指されているのは、一九三八年十一月の「水晶の夜」である。ツェランは、フランスで医学を学ぶためにルーマニアからクラクフ経由でベルリン、アンハルター駅に一九三八年十一月十日に到着したが、この日はゲッベルスによって「水晶の夜」と名付けられたユダヤ人商店街襲撃の夜の翌日であった。

空の気配

一九八七年に公開されたヴィム・ヴェンダースの映画『ベルリン 天使の詩』は、東西を分断した壁周辺の風景を克明に映しだしている。映画の冒頭に映し出される戦勝記念塔《ジーゲスゾイレ》は、プロイセンが対デンマーク戦争の勝利を記念して一八六四年に建築を開始し、一八七二年に完成した。記念塔の建築中にプロイセンは一八六六年に対オーストリア戦争、一八七一年に対フランス戦争に勝利している。第二次世界大戦中のベルリンの市街戦では、兵士がこの塔に籠って戦った。

ノイケルン　ノイズ　ノイズ

ノイケルンはベルリン南東部の地区の名。この地区にあるマイバッハ河畔には、イスラムの人が多く集まるトルコマーケットが定期的に開かれる。デヴィッド・ボウイ（一九四七年〜二〇一六年）の「ドイツ三部作」のひとつ『ヒーローズ』（一九七七年）にブライアン・イーノ（一九四八年生まれ）と合作のインストゥルメンタル「ノイケルン」が収録されている。デヴィッド・ボウイは一九八七年六月、当時西ベルリンの旧国会議事堂前の野外ステージでコンサートを開いた。壁に近い会場では、スピーカーは観客と反対側の東側に向けても設置され、壁の東側に東ドイツ市民も多く集まった。

羊のスープ

ベルリン東部にあるクロイツベルクは、トルコ国籍の人が十万人以上住んでいる。トルコ人がベルリンに多く住むようになったのは、一九六一年の壁の建設と大きく関係している。壁建設後西ベルリンは労働者不足になり、その確保のためにドイツ連邦共和国（西ドイツ）はトルコと雇用協定を結んだ。ガストアルバイター（外国人労働者）としてベルリンにやって来たトルコ人は、壁に近接しているためドイツ人が敬遠したクロイツベルクに集団で生活するようになった。トルコ人移民二世のファティ・アキン（一九七三年生まれ）は、二〇〇四年に『愛より強く』でベルリン映画祭金熊賞を受賞した。

ベルリン・オペラ座前　五月十日

一九三三年五月十日ベルリン・オペラ座前ベーベル広場で、ナチ政権は反体制的であると判断した書物を焚書に処した。この出来事を記憶するために、広場の中央に本のない書庫のモニュメントが置かれている。テル・アヴィヴ出身のミハ・ウルマン（一九三九年生まれ）による一九九五年の作品である。石畳にガラスが嵌め込まれ、覗くと空の本棚が見えるが、プレートにハインリヒ・ハイネの詩の一節「これは序章に過ぎない。本を焼く者は最終的には人間を焼くことになる」という言葉が刻まれている。引用のハイネの詩「いとうるわしき　五月の日」は、連作詩「抒情間奏曲」のひとつで、ローベルト・シューマンが「詩人の恋」の冒頭に取り上げた八行詩である。

六月十七日通り

一九七四年に第一回が開催されたベルリン・マラソンは、六月十七日通りのジーゲスゾイレ周辺をスタート点とし、ブランデンブルク門をゴールとする。この大通りは一九五三年までは「シャルロッテンブルガー・ショセー」と呼ばれ、ナチ時代にはパレード・ルートに指定された。ベルリン空襲が始まって市内の空港が使用不能になると、滑走路としても使用された。一九五三年六月十七日の東ベルリン暴動では、東ドイツの新政策に抗議する労働者がソ連軍と人民警察によって命を奪われた。犠牲者の数はわかっていない。西ベルリンに位置していたこの通りは、この出来事以降「六月十七日通り」と改名された。レーニ・リーフェンシュタール（一九〇二年〜二〇〇三年）は一九二〇年代にベルリンで舞踊家としてスタートした。女優に転身した後、監督主演作品『青い光』が注目され、ヒトラーの依頼により党大会のドキュメント『意志の勝利』を撮影した。戦後、戦争犯罪の責任は問われなかったが、ナチ御用作家のレッテルはついてまわり、一九六〇年代以降アフリカでの撮影に没頭する。最後の作品は水中を撮影した二〇〇二年の『ワンダー・アンダー・ウォーター　原色の海』である。

孔雀島

ベルリンは湖と川に囲まれた水の都だ。北にテーゲル湖、町の中心部を蛇行するシュプレー川、町の西郊から南西にヴァンゼーを経てポツダムにいたるまで、運河と大小の湖が多くあり、孔雀島はベルリン市街とポツダムの間に広がる湖ヴァンゼーに浮かぶ島である。一八世紀末にプロイセン王フリードリヒ・ヴィルヘルム二世がこの島に移住させた孔雀の子孫が現在繁殖していると言われている。アジアやアフリカに生息する孔雀を移住させるという発想は、ヨーロッパの列強諸国が先んじておこなった植民地政策への同意と羨望のあらわれであろう。プロイセン王国がドイツの諸邦を吸収合併してドイツ帝国となるのは一八七一年、明治維新の三年後のことである。

ゴーレムの夜

ベルリン西部にあるトイフェルスベルク（悪魔の山の意）は、第二次世界大戦中のベルリン空襲によって生まれた瓦礫を積み上げて作った人工の山である。この頂上からベルリン一帯を見わたせるため、東西分断時代はイギリス軍とアメリカ軍のレーダー・ステーションがあった。標高一二〇メートル。プラハのゴーレム伝説は、一九一四年と一九二〇年にパウル・ヴェゲナー（一八七四年～一九四八年）主演監督で映画化されている。ヴェゲナーは二〇世紀の初めに演出家マックス・ラインハルトのもとで名優として名を馳せ、『ゴーレム』のほか『魔術師』、『妖花アラウネ』など一九二〇年代の諸作品で主役を務めた。

フランツ・カフカの朝のために

フランツ・カフカ（一八八三年～一九二四年）とベルリンは浅からぬ関係にある。最初の婚約者フェリーチェ・バウアーに会うために、カフカは一九一四年にベルリンを二回訪れている。フェリーチェ・バウアーとは婚約解消に終わったが、一九二三年九月にはカフカは十九歳年下のドーラ・ディマント（あるいはディアマント）とベルリンでの生活を始めた。インフレによる困窮生活によって病状が悪化する中、ベルリン市内を安い住居を求めて転居を重ねながら、小説『巣穴』を執筆した。一九二四年三月には叔父と友人のマックス・ブロートが深刻な病状にあるカフカをプラハに連れ戻した。ドーラ・ディマントはカフカを追ってプラハに向かい、同年六月サナトリウムで亡くなるまでそばに付き添った。

カフカを着る人

フランツ・カフカの「自選アフォリズム」から、五二番と三五番を引用した。カフカは病床で『歌姫ヨゼフィーネ、あるいは二十日鼠族』を書き、これが最後の作品となった。喉頭結核のため喉が腫れて話すことができず、筆談のみで意思疎通をしていたという。付き添っていた医師ローベルト・クロップシュトックの手紙によると、カフカの最後の仕事は『断食芸人』の校正であった。校正を終えたとき、カフカは長い間涙を流していたという。

バベル　ベルリン

第二次世界大戦に敗れて無条件降伏した後、ドイツは戦勝国に四分割された。首都ベルリンはソビエト連邦占領の地域内にあったが、戦勝国四カ国によって分割占領されることになった。アメリカ合衆国、イギリス、フランス占領地区が西ベルリンと呼ばれ、ソビエト連邦占領地区が東ベルリンと呼ばれた。一九四八年には分割占領されたベルリン全体の支配について二つの勢力が対立し、ソ連軍は西ベルリンへの陸路を完全封鎖した。西側諸国に西ベルリン占領を放棄させることを目的としたが、アメリカ合衆国とイギリスによる空輸作戦が成功し、一九四九年五月にはソ連軍による陸路閉鎖は解除された。同年五月にドイツ連邦共和国通称西ドイツが、十月にドイツ民主共和国通称東ドイツが建国された。映画『ドイツ零年』（一九四八年）は、戦争によって廃墟になったベルリンをロケしたロベルト・ロッセリーニ監督作品である。

名を蹴ってください

カール・マルクス大通りはかつての東ベルリンが保存されているベルリンでも特別な場所である。第二次世界大戦の空爆で完全に廃墟となったこの大通りを、終戦直後、瓦礫を分類して使えるものを再利用し再建を目指したのは女性たちであったという。やがてカール・マルクス大通りは国の威信をかけてドイツで最初の社会主義様式の大通りとなった。この大通りにあるカール・マルクス書店は、東ドイツの監視体制を描いた映画『善き人のためのソナタ』（二〇〇六年）のラストシーンに映し出されているが、二〇〇八年に閉店した。

躓きの石

ベルリンの町の舗道に埋め込まれた十センチ四方の真鍮プレートには、ナチ政権下で殺害された人の名前、生年月日、命日、死去した場所が刻印されている。その人が暮らしたかつての住居前の舗道にプレートを埋めるこのプロジェクトは、一九九二年からケルン在住のグンター・デムニッヒによって始められ、当時は違法であったが後に合法化された。ベルリンを端緒とし、ハンブルク、フランクフルトなどドイツ国内の町からオーストリア、イタリア、オランダにも「躓きの石」は埋められている。

ローザ・ルクセンブルク広場から西へ

アレクサンダー広場を北上するとほどなくローザ・ルクセンブルク通りがある。ポーランド生まれの革命家ローザ・ルクセンブルク（一八七〇年〜一九一九年）は、幾度も投獄されて合わせると四年のあいだ獄中にあったが、同志カール・リープクネヒトの妻でローザの友であったゾフィーは、差し入れのひとつにシュテファン・ゲオルゲの詩集を選んでいる。引用の詩句はゲオルゲの『第七の輪』所収の詩の一部で、ローザ・ルクセンブルクの『獄中からの手紙』で言及されている。ローザ・ルクセンブルクとカール・

リープクネヒトのベルリンでの虐殺を、パウル・ツェランは詩「おまえは横たわる」で冬のベルリンの風景に織り込んで追悼している。ベルリン北東部の丘の中腹にあるシオン教会は、東西分断時代の末期に反体制グループの拠点となった。

不在のスカート

ローザ・ルクセンブルクの写真はいくつか残されているが、一九一〇年のものと伝えられる写真では市松模様のスカートをはいている。ローザ・ルクセンブルクの生涯を描いた映画『ローザ・ルクセンブルク』は、マルガレーテ・フォン・トロッタ監督によって一九八五年に製作された。

不遜な靴音

ベルリンのオラーニエンブルガー通りにある新シナゴーグは、一八六六年に完成し、金色のドームを誇るドイツ最大のユダヤ人聖堂であった。一九三八年十一月九日の水晶の夜《クリスタル・ナハト》事件の際に放火され破壊された。長い間廃墟のまま放置されたが、一九九五年に再建が始まった。テル・アヴィヴ空港乱射事件は、一九七二年五月に日本赤軍を名乗る日本人による無差別テロである。岡本公三は犯人のうちの一人であった。

ふざけるな　チャーリー

チェックポイント・チャーリーは、ドイツ東西分断時代にベルリンの東西境界線上に置かれた国境検問所。ベルリン壁博物館はチェックポイント・チャーリーのすぐそばに一九六三年に創設され、東西ベルリン間の国境に関する記録が展示保存されている。チャーリーの名は、いくつかあった検問所をアルファベット順に名づけて、検問所Aはアルファ、検問所Bはブラヴォー、検問所Cはチャーリーと呼ばれた。

ルー・リードの声が聞こえる

ルー・リードは、一九七三年にアルバム『ベルリン』をソロ第三作として発表した。キャロラインは、ベルリンの恋の物語を歌うアルバム『ベルリン』のヒロインの名である。三十三年後にニューヨークでアルバム全曲が再演された。このライヴは、ジュリアン・シュナーベル監督のドキュメンタリー作品『ルー・リード ベルリン』として公開された。

覚書◎二〇一三年十月、ルー・リードの死を知った。ベルリンについて、地図の上の都市以上の意味を私に最初に教えたのは、ルー・リードの一九七三年発表のアルバム『ベルリン』だった。あるインタヴューで「悪いとわかっていて、人間はなぜ悪を繰りかえすのか」と、ルー・リードは語っていた。難問を手放さずに生き延びることは、とても難しい。それでもなお、言葉とともに難問と向き合って生き延びたい。途上にあって強く思う。

二〇一六年五月

著者略歴◎一九五九年東京都生まれ。著書に『植物詩の世界』（二〇〇四年　神奈川新聞社）『パウル・ツェランと石原吉郎』（二〇一四年　みすず書房、第十五回日本詩人クラブ詩界賞受賞）など。詩集に『椿葬』（二〇〇七年　七月堂）。

ベルリン詩篇《しへん》
著者　冨岡悦子《とみおかえつこ》
発行者　小田久郎
発行所　株式会社 思潮社
〒162-0842　東京都新宿区市谷砂土原町 3-15
電話 03-3267-8153（営業）・8141（編集）　FAX03-3267-8142
造本装幀　稲川方人
印刷・製本　創栄図書印刷株式会社
発行日　2016 年 6月25 日